魔法森林大件事③

缺口中的秘密

陳美娟 著

新雅文化事業有限公司
www.sunya.com.hk

目錄

推薦序一：李子建教授　　　　　　　　　4

推薦序二：陳芷茵　　　　　　　　　　　10

作者自序：陳美娟博士　　　　　　　　　12

角色介紹　　　　　　　　　　　　　　　14

第一章　　仙子們的歡樂時光　　　　　　20

第二章　　石仙子的遊戲　　　　　　　　25

第三章　　有趣的謎題　　　　　　　　　33

第四章　　森林裏的騷動　　　　　　　　42

第五章　　「他們」出現了！　　　　　　46

第六章　　智慧書　　　　　　　　　　　56

第七章　　仙子的反常行為　　　　　　　66

第八章　　蛋仙　　　　　　　　　　　72

第九章　　追蹤不速之客　　　　　　　78

第十章　　咯咯咯　　　　　　　　　　83

第十一章　倒蛋仙　　　　　　　　　　94

第十二章　森林的缺口　　　　　　　104

第十三章　追蹤花后愛美　　　　　　112

第十四章　糖果屋　　　　　　　　　117

第十五章　露露的秘密　　　　　　　125

第十六章　突襲　　　　　　　　　　130

第十七章　珍貴的解藥　　　　　　　138

第十八章　花后的蛻變　　　　　　　142

從《魔法森林大件事》中
學會做個「有心人」

感謝陳美娟博士的邀請,為最新出版的《魔法森林大件事3:缺口中的秘密》撰寫序言,向讀者推介這本生動有趣的故事書及分享我的個人感想。

作為資深教育工作者,陳博士對促進教育事業發展不遺餘力,她除了是英華小學校長,亦曾擔任香港教育大學校董、香港教育城董事等。陳博士過去參與多個香港教育大學教學項目及企劃,為項目擔任專家顧問。我與陳博士相識多年,尤其欣賞她重視孩子的品格發展,致力培養他們的觀察力和好奇心,並積極推動藝術及品德教育。我非常認同陳博士的想法,「今天的學校教育,除了引導孩子建構知識和能力,亦需要裝備孩子合適的心靈軟件,讓他們成為一個『有心人』。」(陳美娟,2021)

陳博士認為學校宜培養學生成為「有心人」(heart),我覺得她正體現「有心人」的內涵:

Humble(謙卑)——陳博士總是保持一顆謙卑的心,好學不倦,在繁忙學校的工作和社會服務下,

仍然抽空完成博士學位。她樂於接受他人意見，在教學上敢於創新變革，為孩子提供良好的教育和學習環境。

Enthusiastic(熱誠)——陳博士對教育的熱誠和貢獻無容置疑，我尤其欣賞她對培育孩子的一套心得，例如她教英文，不單是教授學生有趣新奇的知識，同時重視品格塑造、鼓勵多閱讀、天馬行空的創作，在人工智能盛行的時代，提升孩子的軟實力尤其重要。(陳美娟，2022-11-15)

Appreciative(感恩)——我與陳博士相識多年，經過多次合作，發覺她無論在工作上或生活上，總能懷着感恩的心，時常對身邊人表達感謝之情，為人知足常樂。多項研究指出練習感恩有很多益處，包括增加正向情緒、提升幸福感和生活滿意度等，我們都應該多學習感恩。(人生學堂，2022-05-28)

Resilient(抗逆)——經歷持續超過三年的 2019 冠狀病毒病疫情，學校、老師、家長、同學時刻面對不同挑戰。為配合防疫政策措施，學校必須安排具彈性的課程時間表，為學生提供自主學習的資源及支援，我樂見陳博士帶領英華小學走過這段艱難的日子，並保持積極樂觀的態度，充分發揮其抗逆力，是作為校長向學生展現的「身教」。(陳美娟，2021-04-12)

Tender（溫柔）——陳博士作為兩名女兒的母親，事業上亦肩負多重職務，同時要兼顧多個身分，實在很不容易。但是她仍時常面帶笑容，態度溫柔，還有一顆柔軟的心，體諒孩子的困難，理解孩子的想法，鼓勵他們展翅高飛。

回到《魔法森林大件事3：缺口中的秘密》，它展現不少「VUCA」（當然不是「烏卡」的原意），我以VUCA四英文字母為這本書作簡介：

Vivid（生動）——書中人物栩栩如生，場景色彩鮮豔，從生動的故事中悟出人與人之間和諧相處之道，提醒我們與人相處該互相尊重、包容、學習忍耐、推己及人（同理心）的道理。

Unambiguous（明確）——本書目標明確，期望培養孩子的思想和品德，在不同章節的故事中，每個角色有着明確目標——維持魔法森林的和諧，他們雖然有着不同的性格和想法，仍能團結一致達成目標，啟發讀者尊重他人和常存謙卑的重要性。

Character（性格）——書中圍繞魔法森林發生的日常趣事作為背景，加入新奇趣怪的新角色——蛋仙，是充滿趣味的橋樑書。同時，書中人物鮮明，角色的建構與《價值觀教育課程架構》（試行版）(2021)中多個首要培育價值觀互相呼應，例如靈風展現出關愛，

石漢大王的承擔精神等。從小建立正確的價值觀，對孩子將來能夠作出理性和負責任的選擇非常重要。

Ａrt（藝術創作）──書中內容與部分舞台劇互相輝映，文學與藝術文學交織而成一本好書。插畫風格色彩繽紛，非常吸引，而角色的描繪能帶出他們不同的性格，例如花仙子既高雅又優美，風仙子既靈巧又自由自在，可見在繪圖上花了不少心思。

我誠意推薦《魔法森林大件事 3：缺口中的秘密》這本書給學校、老師、家長及小朋友。學校、老師及家長應鼓勵孩子多閱讀，而家長可與孩子共讀此書，除了促進親子關係，還能引導他們如何豐富孩子的想像力，激發其創意思維，並透過書中的人物角色及故事內容學習到良好品德，培養孩子的同理心，使他們成為真正「有心有品」的人。

本文大部分參考資料從略，僅代表李子建的個人看法，並不代表香港教育大學及聯合國教科文組織及其立場與觀點。感謝陳凱寧女士協助整理文稿。

李子建教授

香港教育大學課程與教學講座教授及宗教教育與心靈教育中心總監
聯合國教科文組織區域教育發展與終身學習教席

參考文獻：

1. 陳美娟(2021)。校長的話。取自
   https://www.yingwaps.edu.hk/CP/pG/6/8/6

2. 陳美娟(2022 年 11 月 15 日)。〈教大論壇建言　增
   支援挽留英語教師〉。《大公文匯電子報》。取自
   https://www.wenweipo.com/epaper/view/
   newsDetail/1592218569721122816.html)

3. 李子建(2022 年 5 月 28 日)。香港電台〈人生學堂〉。
   取自
   https://www.rthk.hk/radio/radio1/programme/
   lifelongwelearn2022/episode/818288

4. 陳美娟(2021 年 4 月 12 日)。〈【校長專欄】難
   忘疫情下充滿考驗的學年　英華小學校長：挑戰
   實在史無前例〉。《TOPick- 香港經濟日報 hket.
   com》。取自
   https://topick.hket.com/article/【校長專欄】難
   情下充滿考驗的學年 %E3%80%80 英華小學校長：挑
   戰實在史無前例

5. 勵活課程講師群(2020)。《贏在勝任力：迎接 VUCA
   時代的人才新戰略》。台北：布克文化。

6. 香港特別行政區課程發展議會(2021)。《價值觀教

育課程架構(試行版)》。香港：香港特別行政區課
程教育局。取自
https://www.edb.gov.hk/attachment/tc/curriculum-
development/4-key-tasks/moral-ivic/Value%20
Education%20Curriculum%20Framework%20%20
Pilot%20Version.pdf

7. U.S. Army Heritage and Education Center (u.d.). Who
first originated the term VUCA (Volatility, Uncertainty,
Complexity and Ambiguity)?. *USAHEC Ask Us a
Question*. https://usawc.libanswers.com/faq/84869

推薦序二

在這個充滿科技和信息的時代，孩子們往往會被各種電子產品所吸引，而忽略了閱讀的重要性。然而，閱讀對於孩子們的成長和發展來說是非常重要的。閱讀能夠豐富孩子們的想像力和創造力，幫助他們發掘自己的潛能，並且提高他們的語言表達能力和思維能力。《魔法森林大件事3：缺口中的秘密》就是一本非常值得推薦給小朋友閱讀的書籍。這本書內容生動有趣，充滿了各種奇幻和有趣情節。那些古靈精怪的動腦筋遊戲，能夠激發孩子們的好奇心和想像力，一定令孩子們愛不釋手。

《魔法森林大件事》是一系列充滿魔法的故事，各仙子有着各種各樣的特殊能力。他們一起生活在這片神奇的土地上，過着快樂而自由的生活。但是，這次森林又面臨新的危險。一天，有些特別的客人來到了，之後更有另一件大事發生，破壞了它原本平靜美好的生活。花仙、草仙、石仙、風仙、露珠仙和蛋仙們不得不聯合起來化解危機，保護自己和家園。故事中，各位仙子都發揮了自己獨特的能力，在關鍵時刻挽救了整片森林。他們的勇氣和智慧，讓人們看到生

命中那些美好而值得珍惜的東西。這不僅僅是一個關於魔法的故事，更重要的是它充滿了對自然、友情、勇氣等方面的讚美。通過這些可愛的角色，我們可以看到那些美好的品格特質和價值觀，並從中獲得啟示和啟發。

在故事中，主角們面臨着各種危險和挑戰，但他們從不放棄，更勇敢地面對並克服了這些困難。這種勇氣和自信不僅能夠幫助孩子們面對恐懼和挫折，還能夠讓他們學會如何在困難面前保持冷靜和自信。我強烈推薦這本書給所有小朋友，大家多多「轆轆轆動腦筋」，就會發現身邊很多事物也很有趣。

陳芷茵

書伴我行（香港）基金會前董事局主席

經典童話新「悅」讀

　　《魔法森林大件事》系列的故事都是由仙子在魔法森林內的經歷所引發，透過他們遇上煩惱、疑難、爭執及各式各樣的大小事件，期望小讀者在現實生活中遇上類似情況時，會多一點反思和體會。

　　這個系列的每個故事，都由一個著名的經典童話出發，與它有一種前傳或後傳的關係，藉此啟發讀者寫作靈感有許多面向，故事的趣味點子亦可以很多元化，帶出經典故事新讀的可塑性。

　　來到本系列的第三冊《糖果屋後傳：缺口中的秘密》，我刻意加入一些新元素，隨着追查新物種身分的來歷，引發一連串有趣笑彈，讓讀者輕鬆進入故事主題。我很好奇當大家讀到這些情節時，到底是發出會心微笑，還是捧腹大笑，甚至笑得蹦跳起來呢？

　　此外，我亦在故事中插入不少動腦筋的小挑戰，

不曉得大家可有像石仙子那樣學曉了動腦筋沒有？你也可以一邊看故事，一邊創作一些思考題，來考考你的同學和家人。多動腦筋，會增添許多生活樂趣呢！

　　其實《糖果屋後傳：缺口中的秘密》這個故事蘊含了不少深層意義，小讀者可有讀得到呢？你讀過本書後，對人與人之間的關係、朋友的相處、做人的信念又可有獲得一些啟示呢？我最盼望的是，故事裏的好品德、好行為、好信念，能陪着小讀者們一起成長。

陳美娟博士

角色介紹

花仙子

花后愛美
花仙子的領袖，高雅豔麗，
體態曼妙，自信高傲。

恬兒
性格有主見，勇於表達
自己的想法。

露珠仙人

露露
聰敏善良，
心思縝密，
讓人信賴。

露娜
温柔和善，
善解人意。

草仙子

靈草
草仙子的大哥，性格溫和，有親和力。

尚草
草仙子中的另一大哥，思想純樸，非常擅長拉筋。

賢草
性格穩重，不太自信。

石仙子

石漢大王
既是石仙子的首領，又是魔法森林的領袖。體形壯碩，為人敦厚、老實。

石俊
石漢大王的左右手，頭腦聰明，性格爽朗。

石矽
性格直率，積極樂觀。

石磷
性格內向，害羞膽怯。

風仙子

靈風

風仙子的大哥，
聰明機靈，細心
體貼。

瀟風

瀟灑自若，獨來獨
往，不愛拘束，充
滿好奇心。

帥風

八卦靈通，性格
衝動、直率，心
直口快。

阿也

性格膽小，非常貪
玩，常常跟在大隊
最後的位置。

知更鳥

魔法森林裏的神秘
雀鳥仙子。

蛋仙

魔法森裏的
神秘來客。

亞申　　**亞一**　　**亞日**

羅賓鳥

羅莉

羅賓鳥的首領，擁有色彩豔麗的羽毛，歌喉了得，開朗性急。

阿芙

羅莉的小和音，性格合羣，樂於助人。

阿準

性格好奇，活潑貪玩。

17

糖果屋後傳

缺口中的秘密

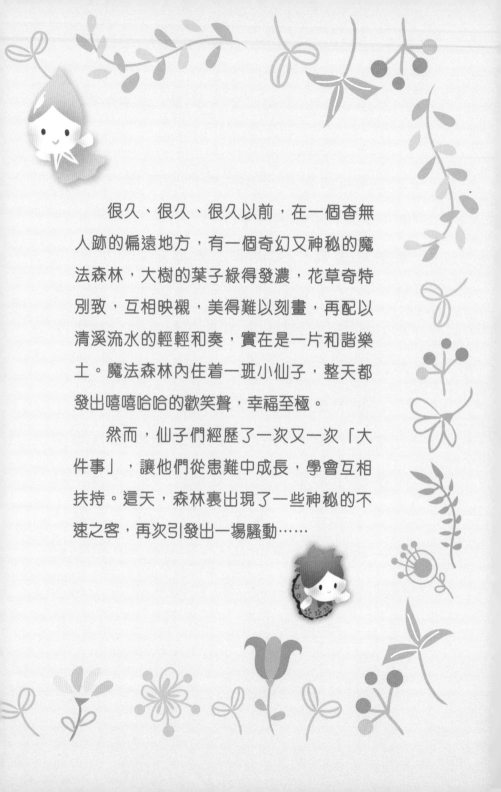

　　很久、很久、很久以前，在一個杳無
人跡的偏遠地方，有一個奇幻又神秘的魔
法森林，大樹的葉子綠得發濃，花草奇特
別致，互相映襯，美得難以刻畫，再配以
清溪流水的輕輕和奏，實在是一片和諧樂
土。魔法森林內住着一班小仙子，整天都
發出嘻嘻哈哈的歡笑聲，幸福至極。

　　然而，仙子們經歷了一次又一次「大
件事」，讓他們從患難中成長，學會互相
扶持。這天，森林裏出現了一些神秘的不
速之客，再次引發出一場騷動……

第一章 仙子們的歡樂時光

魔法森林經歷了「神奇蘑菇事件」後，漸漸地回復常態。仙子們有說有笑，快快樂樂地過日子，放眼看去都是仙子們的笑臉，遠遠近近也聽見他們幸福的笑聲。大家不再互相猜度、也不再互相爭拼、傷害、揶揄，多美好啊！

每當魔法森林裏發生了大件事過後，大家就會更珍惜這來之不易的祥和氣象，而各仙子的能力也會越發長進。就如草仙子們，現在不但能彈跳得更高更遠，還多了一種瞬間隱形的法力——他們只需輕輕伸展身子，拉一拉，便能夠在彈指之間來

回出現，一下子消失得無影無蹤，一下子又在另一處彈了出來。當他們發現自己突然擁有這種能力後，就沉迷地東拉西彈，玩個不停，樂此不疲，給魔法森林帶來不少驚喜和活力。所以，有時縱使遇上各種難題或難關，但大家倒是能從中磨煉出意料之外的收穫，還為仙子們帶來劫後的祝福。

在這樣歡愉友愛的氛圍下，看來魔法森林將不會再遇上什麼大事了吧。雖然沒說出口，大家都是這樣想。

唯有露露仍然感到有點不安。

「不安？露露，別要太敏感吧！」露娜安慰說，「妳看，大家好不容易終於能再享受太平。況且經歷了一次又一次的可

怕遭遇，大家都學會了團結、包容、自愛，極為珍惜這刻的平靜安穩，應該不會再有『大件事』發生的了！」

「但願如此……」露露半信半疑、滿有保留地回應。因為她始終覺得有點不妥，就是這種平靜安穩，反而令她感覺就像暗湧，是暴風雨的前夕。即使森林裏的客觀環境一切都回復正常了，可是她的直覺還是叫她忐忑不安。當然，她也極希望如露

娜所説，自己只是過敏。

　　於是，露露深深吸入一口清新的空氣，汲取森林中眾仙子們散發出的正能量，暫時清空自己的疑慮，好好享受眾仙同樂的好日子。

第二章　石仙子的遊戲

　　另一邊廂，石漢大王和小石仙們最近愛上了一種新玩意。那是什麼？哈哈，原來是「轆轆轆動腦筋」！

　　「動腦筋？」沒聽錯吧！石仙子的身體一向都是堅硬緊實的（包括大大的頭），最怕別人叫他們用空空洞洞的腦袋想辦法去解決問題。這甚至是石漢大王的最大弱點。說起要動腦筋，他頂多只能抓抓頭，搖搖腦袋，最後都是一片空白。因為無論他如何努力，也難敵「腦袋空虛」這個天生的特質。

小石仙當中，只有石俊算得上是機靈，會動腦筋的；而其他的石仙都像大王一樣，只會一呼百應，全心全意付出勞力，不計回報地捍衛森林每一分子的安全。至於動腦筋嘛……就留給其他仙子發揮好了。

　　所以，石仙子們竟然興起玩動腦筋遊戲？簡直不可思議，真是魔法森林的「號外」！

　　這道奇聞在森林裏廣傳開來了，吸引了其他的仙子也

來湊熱鬧，看看石仙子們到底如何動腦筋。

啊！原來石仙子們經過「神奇蘑菇事件」後，發現自己族類其實並非沒有能力解難，而是不會動腦筋的方法。

真有趣！大家都在想：「不會解難和不會動腦筋，不就是一樣的嗎？只是說法不同而已！」

非也，非也。原來，石仙子在事件中製作「解咒雨」時，無意中掌握了能讓他們好好動動腦的竅門。由於當時形勢緊迫，忙亂之間，石仙子既要忙着為草仙們當石壘，又要不斷轉移陣地，務求增大射程範圍。一時心急，他們便嘗試「左轆轆、右

轆轆」，以便加快行動。

　　結果，就在這樣的情況下，他們竟然發現了自身的神奇秘密——當他們滾來滾去時，腦袋裏的小沙石就會互相撞擊摩擦，之後動腦筋時便想出更多法子了，反應也快起來呢！

　　石仙為了進一步確認他們的腦袋有這個隱藏的能力，便開始進行這「轆轆轆動腦筋」遊戲。由石俊出題，大家「左轆轆、右轆轆」後搶答，看看怎樣滾才把他們分量十足的腦袋最有效地好好運轉起來。

石俊開始出題囉，大家準備好了沒有？

「大家做什麼事時，會身不由己的呢？」

石漢大王慣性地抓抓頭，結果，他腦海如常地一片空白，毫無頭緒。於是，石俊向大王打個眼色，提示他看看其他石仙，只見大家都蹲下身子，有些向左滾，有些向右滾。一時間，響起一陣陣「轟隆轟隆」的，很有節奏，熱鬧非常！

大王見狀，頓時也急不及待，腦子想着那道謎題，低下頭身子一縱，在地上開始滾動起來。不消一刻，石仙們陸續停止

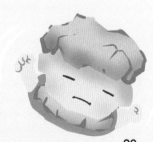

滾動，搶先說出答案：「做錯事！」「做善事！」

　　石俊看到大家踴躍搶答的場面，讚歎不已，並請他們逐一說明自己的見解。一向膽小的小石仙石磷滿臉通紅地說：「我通常做錯事都⋯⋯身不由己⋯⋯但我並不是有意闖禍啊！」聽罷，大家不禁互相對望，然後哈哈大笑！虧這小子想出這個開脫的理由。

　　這時，口直心快的阿矽卻站起來，拍拍胸口說：「我認為答案是做善事！因為我們石仙最愛幫忙其他仙子，每次都會義不容辭，費盡心力地去做善事，絕對體現了身不由己的最高境界啦！」

　　聽着，石仙們都點點頭，覺得阿矽說得挺有道理。記得那次魔法森林遇上火魔時，大家都不管自己身體受傷與否，奮不

顧身地保衞各族仙子的安危，最終
被燒成灰燼，那幕絕對是身不由
己的好例子。

　　不過，石俊依然搖頭，
認為大家的答案雖然
各有解讀，但真正
的答案是……

石俊剛要揭曉時，石漢清了清喉嚨，說：「我想到了！答案是做夢！」

　　「對！大王答對了！而且快而準啊！大王！真厲害！」石俊讚不絕口。嘩！大家立時對大王刮目相看，心裏都為他猛地鼓掌。

第三章　有趣的謎題

由於大家想繼續玩這個動腦筋遊戲，便請石俊繼續出題。

看見大家都興致勃勃，石俊便拿出他一早寫在葉子上的謎題，逐一考驗眾石仙兄弟。「大家都聽好了啊！準備接招！」石俊打趣說。

石俊為了讓高漲的氣氛繼續維持下去，一口氣出了三道題，看看大家的腦袋在激盪下，轉速能有多快。

1. 仙子中哪一個最會說好話？

2. 我們身體哪部分最先接近現在？

3. 在一個晚上，一隻羅賓鳥飛過石仙林時，突然急墜下來，到底發生什麼事？

石俊出題後，石仙子們隨即又紛紛「轟隆轟隆」滾動起來，揚起了一陣又一陣的塵土。來湊熱鬧的仙子們也忍不住前來參與，一起動動腦。

首先，幾個小石仙異口同聲說：「花仙最會說好話！」

尚草立即搶着問：「何以見得？不應該是我們草仙嗎？我們正直又善良，從來不輕易發脾氣。我

們總是看見大家的優點，向來說的
都是稱讚大家的話語。」

　　「對，但又不對。第一道題目應該
不是要這種答案。」露娜若有所思地回應。

　　靈風也不禁不住加入討論：「哈哈！
我也認為是花仙呢！」

　　大家一致望着石俊，希望得到他的真正答案。

　　「今次我們的小兄弟和靈風猜對了！因為『花言巧語』嘛！」石俊一臉興奮地說。

　　石仙子們發出雷動的歡呼聲，慶賀大家終於不再是笨頭笨腦了！

　　至於第二道題，猜有關身體的部位，就不易猜了，因為題目本身可不易理解，「最先接近現在」是什麼意思呢？

　　大家不期然都打量着自己身體各部位苦苦思索：眼？耳？口？鼻？手？腳？翅膀？屁股？

　　大家一邊猜，一邊指指畫畫，笑個不停。魔法森林真的回復了以往最美好的情景了！

　　石漢大王一個翻滾，竟然輥出了答案。

　　大家屏息靜氣，看看大王有何高見。大王沉着嗓子道：「我認為答案是我們的頭。」

　　「為什麼呢？」大家的頭上頓時出現了一個問號。

　　「大家拆解題目時，不要簡單複雜化，這類小難題要稍稍轉個角度去思考啊！」

石漢見大家期待又疑惑的眼神，笑着說：「答案好簡單，不是有一種方言有『頭先』這種口語說法嗎？」

　　哦！大王果然想出了令大家讚歎的答案，實在太棒了！

　　石俊熱烈地拍掌，祝賀大王的才思。同時，又問問大家能否猜出第三題的答案。

　　當然，大家都覺得第三道謎題的答案有許多可能，七嘴八舌地猜起來，例如：因為晚上太黑，羅賓鳥不小心撞到石仙林中的大石；因為當晚颳起大風，把羅賓鳥吹了下來；因為羅賓鳥吃得太多，身體重量超出了負荷；當晚打雷，石仙林中沒有高大的樹，所以羅賓鳥不幸被打中……

　　眾仙子真不乏創意無限的想法，可是這些都不是石俊的答案。

終於，小石仙石磷帶點怯懦地趨前說他想猜猜，但又不敢當眾直說。大家為了快點解開謎底，便一起鼓勵石磷放膽說出想法。

石磷偷偷看了大王一眼，閉起眼睛說：「我猜當晚羅賓鳥飛進石仙林時，大家已經入睡，他應該是突然聽到一陣節奏凌亂、震耳欲聾的巨響，所以趕緊掩着耳朵，於是便急墜下來了。」

聽了這答案，就連大王都忍不住跟大家一起捧腹大笑，想不到石磷這麼精靈鬼馬！

大家都明白了，那巨響不就是石漢大王聞名已久的鼻鼾聲嗎？它真的享譽仙界，威力無窮啊！有一次，就連尚草經過，聽到大王的鼻鼾，都嚇得趕緊瞬間轉移，彈走到老遠。

　　風仙子阿也表示自己曾嘗試用雙手蓋耳，也難掩那震天的響聲。幸好，石漢大王不是每晚都打鼻鼾，否則石仙林就永無寧「夜」了！

　　笑聲此起彼落，痛快極了，仙子們還嚷着請石俊再出題。

第四章　森林裏的騷動

　　就在這時，不遠處傳來一聲尖叫，繼而「砰」的一下巨響。大家都被驚嚇，趕忙看看發生什麼事。

原來，有一隻羅賓鳥從天上掉了下來！

不會是真的吧？那只是石俊的一道題，況且現在又不是晚上，石漢大王又不是在睡覺，沒有打鼻鼾呢！

到底是怎麼一回事？

大家二話不說，趕過去附近查看情況。只見一隻羅賓鳥負傷了，好不容易才站起來，努力拍動翅膀，似乎想飛，但並不成功。

露露急步上前問他要否幫忙，且讓她看看傷勢如何。那隻羅賓鳥卻不斷搖頭說：「沒事、沒事。」然後不知所措地一直後退。只見飛不動的他，一拐一跌地倒後走，十分狼狽。

眼前的狀況讓仙子們都看得目瞪口呆，不知所措，來不及追上那羅賓鳥的情況。

就在此時，在樹林的另一邊，突然又有兩隻羅賓鳥從天上急墜。大家心裏不期然打了一陣冷顫，那絕非偶然啊！魔法森林一定又出事了！

當一眾仙子趕到那兒，只看到他倆又像剛才那隻羅賓鳥一樣，不停搖頭說：「沒事、沒事！」然後用雙腳往後退，退到草叢中便不見了。

露露認得其中一隻是小和音阿芙，可

惜還沒有機會跟她說話，她已消失得無影無蹤。

此時，露露心裏發沉，怕自己的預感成真，風雨又再一次席捲魔法森林。

尚草和賢草也心知不妙，不由分說就帶同草仙們分頭使出瞬間消失的彈走魔力，去追蹤那些古古怪怪倒退行走的羅賓鳥。

就是這樣，眾仙子本來玩得興奮又投入，突然間變得憂心和緊張起來。大家都在想這次魔法森林會否又再發生大件事？到底從天上突然掉下來的羅賓鳥只是一次意外，還是一場隱患危機的序幕？

第五章 「他們」出現了！

終於，草仙們陸續折返滙報。即使尚草、賢草和各草仙子動作已經飛快，他們的搜查結果都是一樣：只要他們走近那些羅賓鳥，準備開口問候時，他們便搖着頭消失於一陣煙霧之間，很是詭異呢！

眾所周知，魔法森林內，除了風仙和最近法力大增的草仙，擁有瞬間消失的能力外，其他的仙子都不曾有這樣的本領。何況羅賓鳥日常只顧練歌、展歌喉，又或聚在一起四處打探森林的動靜，從沒見過他們不用飛行就立時消失。

除非……

「除非那幾隻羅賓鳥遇上了什麼不尋常的事……」石俊喃喃自語。

　　就在大家思考到底有什麼不尋常的情
況時，忽然間風聲颯颯，羅莉從遠處飛過。

　　羅莉好像在猛力俯衝飛行着，不像是
失控墜落。大家隨即抬頭查看，只見她一
時俯衝直下，突然又急速爬升，好像在追
趕什麼似的。

大家見狀，便一擁而上，看個究竟。說時遲，那時快，羅莉突然減速，在空中盤旋了數圈，便飛下來與大家會合。

「唉！」大家還未及發問，羅莉就大歎一聲，好像要把滿肚子的氣都噴光光似的！中氣十足的靈鳥羅莉，果然連歎一口氣也非同凡響！

大家都等待着她那口氣之後，會說明事情的經過。

終於，羅莉歎完那口氣，回過頭來反問大家：「你們有看到『他們』嗎？」

石漢大王沉着聲線回應道：「看到！可惜一眨眼就不見了！」

尚草和賢草齊聲說：「對！我們全力

搜索，最後近距離看到，但又不見了。」

羅莉一臉詫異地說：「近距離？你們竟然這樣勇敢？」

露露補充說：「大家都是出於關心，希望看看他們的傷勢如何，有什麼可以幫忙，誰知他們卻不領情，還怪怪的搖着頭，一下子便消失了。」

羅莉一邊聽，一邊活動一下翅膀，發覺有點不對勁，皺起眉頭問：「你們到底看見的是什麼？」

「當然是你們的羅賓鳥兄弟，還有阿芙呢！」草仙們七嘴八舌地回應。

呵呵！原來，大家所指的「他們」，根本就不是羅莉所指的「他們」。

雖然羅莉目睹那三隻羅賓鳥的事件，但要追捕的「他們」卻是另有所指呢！

那「他們」到底是誰？究竟是什麼？大家實在一頭霧水。

為了解開大家的疑團，羅莉開始細說她目擊事件的經過。

　　話説，一天清晨，羅賓鳥阿準發現在他慣常棲息的樹上多了一個疑似鳥巢的東西，於是在好奇心的驅使下，便探頭看看是否來了新鄰居。

　　一看之下，發現巢內有三隻蛋，大小相約，蛋殼是白色的，上面有不同大小的黑色斑點。有些斑點活像眼睛，只是沒有眨眼或轉動的動靜。

　　阿準一時貪玩，把雙腳伸進巢裏，輕

輕撥弄那些蛋，似乎沒有什麼反應，就進一步踏進巢裏，準備坐下，看看是否能孵出什麼品種的雀鳥來。可是，阿準的屁股還未觸碰到那些蛋殼，突然「咯」、「咯」、「咯」三聲！接下來所發生的事，絕對是匪夷所思！

三隻蛋殼的兩端突然有手腳伸出來！不單如此，更奇怪的是，他們開始尖叫，阿準嚇得目瞪口呆，不知如何應對。接着，

他們就開始彈跳翻騰，雙腳朝天，從屁股位置發放出一陣陣青綠色的氣體，然後一直倒轉着身子，把雙手當腳用，急急地逃跑。

在沒有任何防備下，嚇得瞠目結舌的阿準，冷不提防吸入了那三隻怪蛋不斷放出的氣體，隨即肢體癱軟，不受控地倒在巢內，他眼見三隻怪蛋一邊彈跳，一邊發放氣體，一邊逃離現場。阿準越是想拍翼起飛、越是不能動起來，最後由於掙扎得厲害，便從樹上掉了下來。那也正是仙子們看見的景況。

至於阿芙和另外一隻羅賓鳥阿律就更倒霉，他們只是途經事發現場，恰巧與那三隻倒轉在彈跳的怪蛋撞過正着，於是不慎吸進了他們發放出來的氣體，當場「中

招」，急速墜下到地上，那也是大家目睹的一幕。

羅莉本來想邀請兄弟姊妹們去湊湊石仙們的熱鬧，卻看見阿準在一個鳥巢中埋頭研究什麼似的，於是很好奇想過去問問究竟。誰知，事出實在太突然，她竟然成為羅賓鳥們阿準、阿芙和阿律相繼「遇襲」的唯一目擊證人。

當時羅莉嚇得不知所措，到底要去救他們，還是全力去緝兇呢？正在兩難抉擇

之間，一眨眼，那三隻怪蛋已不知竄走到哪兒去了，只剩下一股稀薄的青綠氣體。羅莉當然不敢飛近，只能無奈地保持距離，在四周高高低低地盤旋搜索，希望有所發現。

聽畢羅莉描述事件的始末，大家四目交投，齊歎一聲：「大件事！」

第六章　智慧書

這次魔法森林遇上來歷不明的怪蛋！真的叫大家百思不得其解。到底他們是什麼東西？是仙子、怪魔……奇異生物？怎麼會在這裏出現？他們來這裏幹什麼？

一連串疑團，即使石仙努力嘗試滾地思索，都沒有答案。面對不知底蘊的入侵者，又怎不叫大家憂心呢！

不知不覺間，夜幕早已低垂，大家生怕在黑夜中倒霉地又遇上那些怪蛋，便小心翼翼地結伴回到各自的仙羣中。與其束手無策，不如大家稍作休息，等天亮視野清晰一點再作打算。

雖說是休息，但只要稍微聽到一些聲音，大家便以為怪蛋在某個角落出現，又

或在暗處準備來個突襲。總之，整個晚上各仙子都提高警覺，睡不安寧。

正所謂「疑心生暗鬼」，好不容易熬過了一個戰兢的長夜。天一亮，大家終於可以稍稍舒一口氣。

陽光在雲霧初現，石俊看着身旁的石磷，忽然好像有一道曙光般閃過。就在這剎那，他倆對望，眼睛發亮，大家同時想起了同一樣東西！

沒錯！既然不知道那些怪蛋的來歷，為何不查找一下石漢大王擁有的《智慧書》？因為當中羅列了不同族羣、各種各樣仙子的秘密。如果那些怪蛋屬於仙子的一種，那就有機會找出他們有關的資料！

於是，他們急不及待去找石漢大王，請他翻閱一下魔法森林的《智慧書》。

石漢大王馬上仔細研讀，《智慧書》確實詳細記載了各種仙子的特徵、本領、習性，以及一些只有大王才可看見的祕聞。可惜，只有很少的篇幅提及蛋狀仙子：

　　「在魔法森林以外，有一種仙子叫『知更鳥』，他們的蛋如遇上極端天氣而出現了變化，變成了詐蛋仙、搗蛋仙、飛蛋仙……由於他們的變化受不同

空間、環境的影響，這些蛋仙的種類不能
盡錄，但必須小心提防！」

　　小心提防？到底要怎樣提防啊！

　　既然是魔法森林以外的仙子，為何會
在這兒出現？《智慧書》似乎未有提供答
案。

「至少我們大概知道怪蛋是蛋仙的一種，起碼他們不是怪魔。」石俊說出了這次發現的重點。

就在大家埋頭研究怪蛋的資料時，靈草和賢草突然氣急敗壞地走來，喘着氣說：「大王，大事不好了，尚草中招了！」

他們帶着被草仙們包圍着的尚草，前來求救。

其他仙子聽聞尚草的受襲消息，也陸續來到，一起細聽賢草講述尚草中招的事發經過，希望伸出援手，看看如何幫忙解困。

賢草從清晨時分發生的事情開始，一五一十的道來。

　　當草仙們正散開各處伸展筋骨，準備
抖擻精神進行怪蛋大追捕時，忽然聽見尚
草大聲叫道：「蛋呀！怪蛋呀！」接着一
輪尖叫和彈跳聲，草仙們閃至尚草那裏。
可惜迅雷不及掩耳間，三個小蛋已消失在
樹叢中，周圍的空氣瀰漫着一陣青綠色的
氣體，吸入了氣體的尚草仍然清醒，卻躺
在地上動彈不得。

　　於是，賢草用身上的草條掩着口鼻、

閉着氣，小心翼翼地扶起尚草。待那些青綠氣體消散後，才開始問尚草剛才發生什麼事，只見尚草搖着頭不停地說：「沒事、沒事，我不怕、我不怕。」

大家問他是否遇上了怪蛋，他就回答說：「沒有、沒有。」問他有沒有受傷，他說：「有，有。」問他傷在哪兒，尚草就說：「全身都是。」但大家查看後，又好像找不到他有明顯傷痕。

問他怪蛋往哪兒逃了，他就指着右邊，但事實上大家見到怪蛋的最後蹤影是在尚草的左邊。

問他有聞到綠氣體嗎？他說：「沒有、沒有。」再問他那些氣體的味道如何？尚草卻說：「超香！香得很！」

整個對答，實在非常詭異！

「怎麼辦呢？」賢草發愁看着尚草，十分擔心地歎氣。大家看着一臉迷茫的尚草，真的不知怎算好，更擔心下一個遇襲的會否是自己。

　　這時，一陣拍翼聲從遠至近來到石仙林上空，大家抬頭一看，原來是羅莉和一羣羅賓鳥。

　　他們一邊拍着翅膀、一邊唱着歌，好不輕鬆啊！羅賓鳥的輕快節奏，與石仙林中的氣氛成了極大的對比。

　　一、二、三、四、五、六、七……八、九、十。一列十隻羅賓鳥。在晨光下好像一條色彩絢麗的空中彩帶。

　　咦！近距離再看清楚，緊隨羅莉後面的，不就是阿芙？還有阿準和阿律，他們

都沒事了嗎？到底是怎麼一回事？

　　仙子們都難掩興奮，用充滿盼
望的目光，迎接這個令大家喜出望外
的景象。

第七章　仙子的反常行為

　　轉瞬間，羅賓鳥已飛抵石仙林，他們聳聳身上的彩色羽毛。羅莉首先開腔：「請大家歡迎阿芙、阿準和阿律安全歸隊！」當下，一陣歡呼聲此起彼落。

　　露露滿腦子疑問，搶先發問：「阿芙，你們真的沒事了嗎？大家都很擔心啊！昨天到底發生了什麼事？你們是如何脫險的呢？」

　　「首先，我們衷心多謝大家的關心。」阿芙飛到石仙林的中央，向大家講述昨天的經過，「事情是這樣的，昨天聽說石仙林有好玩的，我和阿律便結伴去找羅莉，誰知途中突然傳來一些奇怪的尖叫聲，我們猜想是阿準那邊出了一些狀況，於是我

和阿律便急忙去看個究竟。當時一片混亂，只見眼前出現了三隻冒着煙的蛋狀物體，他們發出『咯咯』聲響後，我們頓時被青綠色的煙霧包圍。嘩！那陣煙霧的氣味，真的十分噁心！」

羅莉以高八度的聲音問道：「噢，那氣味是怎樣的呢？」

阿芙思考着，說：「怎樣形容好呢？」對！那是一種充滿腐爛、發霉的味道，再加上它極其酸臭刺鼻，絕對足以讓人反胃。現在還記憶猶新，真的一試難忘！之後，我們便開始身不由己，越想掉頭飛走，就越不受控，越想向上飛，反而感到全身乏力，連翅膀也提不起，最後便急墜下來了。」

阿芙說罷，阿律也按捺不住分享他的第一身體驗，說：「現在想起來，也難忘

那陣撲面而來的氣味！嘩！大家千萬要高
度提防！那些青綠色的煙霧除了極之噁心
難聞外，還會令大家變得口是心非，所有
思想和行動都好像中了魔咒般，作出相反
的反應。所以當你們問我有沒有事時，我
心裏想向大家求救，身體卻只能不停地搖

着頭，退後離開。」

　　風仙子阿也瞪着眼，說：「哎吔！那的確是身不由己的最佳演繹了！」

　　「所以明明是有事，都只能説沒事？」露露説，彷彿參透了昨天那一幕的真相！

　　「怪不得它説我們要小心提防！」石

俊指着《智慧書》總結道。

於是，大家開始意識到如何解讀尚草剛才的所有答案。這樣想來，尚草的真正意思是他今早遇上了怪蛋，並且感到很害怕，幸好他的身體沒有什麼地方受傷。而事實上，他真的吸入了怪蛋發放的超臭氣體。最後，那些怪蛋就如其他草仙所見，在尚草的左邊跳進了樹叢。

「尚草，對嗎？」大家齊聲問。

根據阿準他們整理後的描述，尚草的回應當然就是搖着頭説：「不對、不對！」

大家終於恍然大悟，亦開始掌握到尚草目前的實際狀況。

　　接下來，露露追問阿芙、阿準和阿律是怎樣回復正常的。

　　他們的答案十分一致，就是：「不清楚，總之今早醒來，就發覺一切如常，再沒有異樣。」

　　於是，仙子們就分別回巢歸隊，告知大家已無恙的好消息。

第八章　蛋仙

　　説到這裏，瀟風、靈風和帥風，從遠處揚起了一陣一陣的塵土，撲面而來。原來，他們昨晚並沒有休息，反而到處去打探怪蛋的下落和他們的底細。

　　終於有了結果！所以他們便旋風式趕回來。

　　雖然他們找不到那三隻怪蛋的藏身之處，卻從其他森林的仙子口中得悉怪蛋的來歷和特徵。他們不敢怠慢，立刻回來向大家提供這個突破性的發現。

　　一如《智慧書》所記載的，那些怪蛋是知更鳥的鳥蛋，可是由於遇上天氣突然反常的變化，出現了變異，成為了具破壞力的蛋仙。

根據風仙們打聽回來的消息，蛋仙種類各有不同，絕對令大家大開眼界：

詐蛋仙：他們會裝死，並會假冒成其他仙子的模樣。稍一不慎，便會被他們騙到。

炸蛋仙：他們會發放屁彈，以拋物線墜落不同地點，引發充滿火藥味的煙火，傷及無辜。

搗蛋仙：他們會不停發放擾亂視線的屁彈，令大家迷失方向，胡言亂語，造成一片混亂。

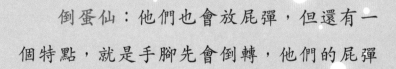

倒蛋仙：他們也會放屁彈，但還有一個特點，就是手腳先會倒轉，他們的屁彈

會令大家思想行為都會翻轉逆行。

說到這裏，大家立即發出「哦」的一聲，謎底終於解開了！那三隻怪蛋，不正就是倒蛋仙嗎？怪不得吸入了他們屁彈的仙子們，都會不由自主地變得口是心非。

阿準高聲叫道：「對！對！他們放屁彈時會上下倒轉地彈跳的！兩隻腳丫就在蛋殼上不停擺動，猶如在攪拌他們發放的氣體。」

瀟風忍不住大笑，説：「想起他們的怪模樣實在有趣！加上他們發出青綠色的屁彈，果然是一絕！真想見識一下呢！哈哈哈！」

　　露露回應一句：「瀟風如果真的見識到，你或許不能吹風而變成吸風了，吸到滿肚子屁彈的瀟風，不知會是什麼怪模樣呢？」

　　大家聽見，一起笑翻了肚皮！

這個玩笑總算給大家紓緩了一下緊張又惆悵的心情。

賢草這下終於有點放心，相信尚草明天便會回復正常。

話說回來，帥風突然記起一個重要的資訊，忙不迭向大家分享：「差點忘記告訴大家，那些蛋仙有一個共通點！」

什麼共通點？他們都是蛋？他們都有破壞力⋯⋯他們都不屬於魔法森林？

「他們所有破壞力都是在受驚後引發的，一旦引發了，便會用盡體內的能量才會罷休。」

阿準拍拍翅膀：「怪不得他們身形細小，卻能不停放屁，令現場煙霧瀰漫，一發不可收拾。」

羅莉隨即指着阿準説：「我明白了，

當阿準想坐在他們上面時，他們以為受到襲擊，因此受驚尖叫，繼而倒轉身子放起屁來。」

噢！這確實是很重要的資訊。

草仙們心想，幸好那些屁彈是有顏色的，否則大家想防備也難啊！

綜合了《智慧書》、羅賓鳥和草仙的描述，再加上風仙的情報，事情終於漸漸清晰了。今早尚草在踩上倒蛋仙後應該曾經大叫，把他們嚇倒，於是迎來一輪屁彈攻勢，結果造成他落入那個狀態。

根據羅賓鳥的經驗，即使中了屁彈也能自我復原，這可算是不幸中之大幸吧！但願尚草的情況只消一天便可痊癒吧！

接着，大家便開始討論當倒蛋仙出現時要如何應對，當然切記不可讓他們受驚。

第九章　追蹤不速之客

正當大家討論得如火如荼之際，花仙恬兒帶着兩個小花仙來到石仙林。

驟眼看來，恬兒有點花容失色，喘着氣說：「我們在露珠湖旁發現了一隻怪蛋！」

原來當恬兒和花仙子們聽見尚草遇襲的消息，也想來看個究竟。

怎料，當她們路經露珠湖時，隱約聽見湖後的樹林間歇傳來一陣陣「咯咯」聲，這些聲音並不

尋常，於是
她們便靜悄悄地
走進樹林察看。

　　花仙們兩個、兩個一組，四處
搜索，終於發現在一棵樹的樹丫上，卡
着一隻鳥蛋似的東西，他不時發出微弱的
「咯咯」聲，好像被樹丫夾着不能脫身。
蛋殼朝天的部份伸出了兩隻腳，在半
空中不停擺動掙扎。

　　花仙子們當下估計那極有可能就是昨天羅賓鳥遇上的怪蛋，正如羅莉的描述，那白色蛋殼帶有黑色斑點，所以大家都不敢輕舉妄動，決定留下幾個花仙子，躲起來暗中觀察，而恬兒則帶着其餘的同伴來找大家幫忙。

　　仙子們聽罷，大家都盛讚花仙們夠機智，因為她們並沒有驚動那隻倒蛋仙，否則可能已難逃劫數了。

　　露露建議大家不要一同前往，以免造成倒蛋仙恐慌，引發新一波的屁彈襲擊。

她自薦陪同恬兒先去查看，見機行事，而
風仙們則在附近上空伺機幫忙。

石漢大王十分認同露露的提議，因為
草仙們要照顧尚草，而羅賓鳥的羽毛顏色
比較顯眼，且剛與倒蛋仙發生過摩擦，不
宜同往。至於石仙，仍需要在林中守候以
保護其他仙子，防備其餘兩隻蛋仙出沒。

大家都覺得在他們當中，露露應變能
力最高，具有臨危不亂的領導力，所以都
一致贊成這個安排。

就是這樣，露露跟隨着花仙子恬兒出

發，去會一會那聞名不如見面的倒蛋仙。

來到露珠湖後面的樹林，恬兒和露露放輕腳步，慢慢走近花仙們藏身的地方，大家打了個眼色，再朝花仙們指着的方向看過去。果然，那倒蛋仙仍然卡在樹丫上，無論他的腳丫如何擺動，也無法脫身。

過了一會，他似乎已沒有多餘力氣，兩隻腳丫的擺動變得緩慢，直至完全停止。

露露和花仙們在想：難道他已死了？

第十章　咯咯咯

就在這時候，那隻倒蛋仙竟然發出聲音，説起話來！

初時，大家都聽不清楚他在説什麼，仔細聽下去，他好像重複地説：「咯咯焦，焦咯咯，死啦咯，咯焦無力咯，救命咯焦，咯焦……」

只要跳過話語中的那些「咯焦」，大家才開始明白那隻倒蛋仙似乎在求救。

露露見他好像十分絕望似的，勇敢地輕聲問：「要幫忙嗎？」

頓時，那隻倒蛋仙從蛋殼的黑點中，微微凸出了兩隻

眼睛，上下左右轉動一遍，看看誰在對他說話，然後回應道：「咯咯焦，焦咯咯，咯焦要咯，幫忙咯，咯焦焦。」

花仙們都想阻止露露以身犯險，但露露拍拍恬兒的肩膊，說：「我會小心的。」

接着，露露慢慢地從一棵樹後探頭出來，向倒蛋仙揮手示意，說：「我在這兒，我可以幫助你啊！」

這時，倒蛋仙終於看到晶瑩剔透、美

麗優雅的露露，溫柔地向他伸出援手。看着眼前的露露，他兩眼不自覺地濕潤起來，一時間變得矇矓透白，好像對不了焦似的。倒蛋仙連忙把眼珠上下左右來回滾動數轉，好不容易才把眼窩內快要滴下來的淚水消化了，這種從未嘗過的感覺，真的難以形容。

接下來，他定了定神，向露露説：「咯咯焦、焦咯咯、咯焦幫咯，咯咯幫我咯焦……」

露露輕輕點頭，再慢慢往走前一步，説：「對！我可以幫助你啊！」

這時，蛋仙的腳丫好像回復了力量，開始動起來，它們好像向露露示意擺動，一時打開、一時交疊，一時指着露露、一時又指向自己，令露露和躲起來的花仙們大惑不解。

他見露露一副不明所以的表情，於是閉上眼睛，努力地解說：「咯咯焦、焦咯咯，咯焦易驚咯，咯咯小心咯焦，咯焦驚驚，咯焦焦。」

露露隱約聽到在「咯焦、焦咯」中間夾雜着「驚」和「小心」，她估計倒蛋仙應該是說明自己容易受驚。於是，她回應道：「你是不是指你容易受驚，怕被嚇倒呢？」

眼前的仙子竟然那麼聰明，倒蛋仙實在太高興，忍不住立即睜大那雙凸了出來

的眼睛，猛力眨着眼説：「咯焦、咯焦、咯咯焦……」

「請放心，我是這個魔法森林的露珠仙子，我會嘗試溫柔地救你出來的。」

倒蛋仙的眼眶又再濕潤了，輕聲地説着他獨有的「咯焦……咯……咯……焦」話語。

於是，露露趨前，跳到那樹丫處，嘗試把卡着的倒蛋仙從樹丫中推出來，但她生怕會弄破他的蛋殼，所以只能輕輕地

從蛋的四周不同位置試試用力助他脫困。
倒蛋仙一直閉緊雙眼，不敢看，只希望露
露能夠成功救他走出困局。

可惜，無論露露怎樣試，左右前後，
甚至上下都試過了，似乎沒有改善情況，
反而好像越卡越緊呢！

為免蛋殼因壓力太大而破裂，露露提
議找其他仙子來幫忙。這下倒蛋仙當然是
求之不得啦！連忙眨着眼，「咯焦、咯焦」
地說着回應。

露露想了想，就請風仙趕快把草仙和
石仙找來，助她一臂之力。靈風、帥風果
然迅速把任務辦妥，不消一刻，他們就帶
來了石漢和幾個石仙子，還有賢草跟他的
草仙兄弟。

大家一見到被困的倒蛋仙那真正面目，

一時間都忍不住想笑出來，究竟哪裏是頭、眼、腳和手？真要考考眼力。不過，大家都知道一定要好好忍着笑，也不敢有大動作，否則就會誤事，甚至連累大家一併遇襲。

看見大家都齊集了，露露開始將她的救援計劃告訴大家，並安排各仙子負責的崗位。首先，她請石漢大王和賢草組成一組，負責拉動左邊的樹枝，小石仙石磷和靈草負責拉動右邊的樹枝。靈草先綁緊樹丫，石磷就在他身後幫忙用力拉。而露露則先用露珠包圍着蛋仙，以免有任何閃失時傷及他。另外，花仙恬兒帶着四位花仙在樹丫的最低點，用花瓣鋪成軟墊，即使蛋仙墜落，也可保他安全。最後，當樹丫給拉開後，瀟風就要將倒蛋仙向上推一把，

避免他往下跌。

　　但要完成這救援任務，大家必須拿揑好時間上的默契，最關鍵的是，大家需要溫柔地合作，不能發出半點大聲響，讓倒蛋仙受驚。

　　於是，大家各就各位，並以眼神溝通，露露只細聲地數：「一、二、三」，石仙和草仙便開始發力，這時瀟風輕輕托着倒蛋仙的頭，然後趁機慢慢往上推。

　　就在一刹那，樹丫稍微被拉開了，瀟風一推，有一罩露珠保護着的倒蛋仙，一個筋斗便成功脫險了！

　　那一刻大家幾乎想尖叫歡呼，不過都一起把這股衝動通通吞進肚子裏，不發一聲地對望微笑點頭，那種成功的滿足感實在難以言喻！

　　在大家忍着歡呼之際，倒蛋仙不再倒

轉，還在「咯咯焦……焦咯咯」地跳起舞來！

突然間，他好像意識到四周的仙子們都向着他面露笑容，欣賞他忘形地又唱又跳。於是，他害羞地停下來，慢慢走近露

露説：「咯咯焦、焦咯咯，咯多謝咯，咯焦咯開心，咯焦，咯焦。」

　　露露説：「不用客氣，也別要害怕，這裏的仙子都很友善，能夠幫助你成功脱險，大家都覺得非常高興。」

　　大家看見露露竟然懂得和説「咯咯」話語的蛋仙溝通，不禁報以詫異又欣賞的目光。

　　這時，倒蛋仙鎮定下來，環顧四周一遍，然後「咯焦」、「咯焦」一邊説着，一邊向大家鞠躬致謝。他的鞠躬也非常獨特，他一低下頭，胖肚子便已着地，手腳卻會離開地面，搖前擺後一下後再站立起來。就這樣，倒蛋仙向每個方向重複這個動作搖擺一次。雖然奇怪，但大家反而覺得有趣又可愛。

第十一章 倒蛋仙

倒蛋仙一輪「咯焦」說着和鞠躬完畢後，大家便開始自我介紹。最特別的是，仙子們變得異常地溫柔，就連平時氣魄粗獷的石漢大王，也把聲線放到最輕，實在是難得一見的情景。大家都繼續克制着內心那份興奮，調低所有的激動情緒。

風仙子阿也忍不住悄悄地在石俊的耳邊說：「哎呀、哎呀……我快憋不住了，忍笑很辛苦呢！」石俊回看了他一眼，輕輕用手肘碰碰阿也，示意他不要作出太大動作，讓蛋仙受到驚嚇。

最後，露露請倒蛋仙介紹自己，倒蛋仙開始快速地說了一連串的「咯焦」、「咯焦」起來。正如露露和花仙們初次聽倒蛋

仙說話時那樣，大家都聽得一頭霧水。

幸好，有冰雪聰明的露露擔當即時傳譯，把倒蛋仙的話語表達得清楚明白。

原來他的名字叫「一」，對，是「亞一」。他們有三兄弟，他兩個弟弟分別是「亞日」和「亞申」。大家有沒有發現他們的名字的特點？

因為他們是倒蛋仙，所以不論正看或是倒過來看，那幾個名字都是一樣的，那就一定不會弄錯了！

　　另外，亞一之所以是亞一，亞日之所以叫亞日，是因為他們的屁彈影響力只能維持一日。那麼，亞申這名字又有什麼玄機呢？

　　大家想了又想，難道是要「申請」他才會出現？又或者他常常要「申報」行蹤？最愛「申訴」？

　　不對，不對，全都不是。

　　根據亞一的解釋，那是因為亞申天生有點缺陷，只有一隻手和一隻腳，在倒轉時，便形如其名，所以叫亞申。

但千萬不要小看他，他是三兄弟中行動最快、屁彈量最多的一個呢！

　　嘩！大家對這「倒蛋三兄弟」太好奇、太感興趣了，提出了不少疑問，希望能多點了解他們。

　　倒蛋仙見大家對自己非常友善，笑容

可掬的，於是心情又再放鬆了一點，「咯焦，咯焦」聲也放慢了些，句子裏出現「咯焦」的次數也開始減少，漸漸大家好像也比較能夠掌握到他的意思。

「咯咯焦、焦咯咯，咯受驚會倒轉放屁彈咯、咯怕怕咯、保護自己咯，咯不受控咯，咯焦！」

啊！原來蛋仙們並不是想攻擊大家，「發炮」只是他們特有的本能自衛反應。這下大家更明白之前發生的一切，都是一次又一次的誤會，讓彼此都嚇壞了。

接着，石漢大王把大家最想知道的兩件事情，一併向倒蛋仙提出。難得的是，大王仍然保持輕柔的音量！

「你們三兄弟為什麼會來到魔法森林？其餘兩兄弟現在又往哪裏去了？」石漢問道。

由於說來話長，倒蛋仙又不擅溝通，他要點時間思考、組織一下。於是，他找個舒服一點

的地方坐下，再向露露「咯焦」說着。

誰知他的答案竟然揭發了魔法森林的一件事！

露露聽罷倒蛋仙的回覆，再向大家轉述起來：

倒蛋三兄弟和其他知更鳥蛋一樣，因反常的天氣而變成各適其適的蛋仙。最關鍵的一件事是，不論他們變成哪種蛋仙，他們心裏都有個相同的信念——要成功變成知更鳥，必須要找到「善事」來做，否則一直都只會是容易受驚、四處躲避的蛋仙。

可是他們根本不知道什麼是「善事」，更遑論怎樣做。不過，他們決定要先找到它，以後的事以後再算。於是，他們三兄弟便開始了尋找「善事」的旅程。

「咯咯焦、焦咯咯,咯不曉、咯不知,咯仍要努力咯,咯要找到咯,咯焦!」他們每天都這樣「咯焦」地互相鼓勵一番,才出發去尋找「善事」!

有一天,他們偶然經過魔法森林外面,發現有一處隱密的地方出現了一道缺口。頓時,他們三兄弟的眼睛發亮,好像被一種魔力吸引着似的。當刻,三兄弟都一致認定那是善事的所在地,於是便鑽進去看看有什麼收穫,並開始了他們在魔法森林的探險之旅。

進入魔法森林後,他們茫無頭緒地四處搜索,後來誤打誤撞地發現一個鳥巢,因為有點疲累,便窩在裏面稍歇一下。

本來他們只不動聲息地擠在一起,也不會太引人注意的。怎知沒有多久,有一

隻不知名的鳥也飛進巢內，還準備坐到倒蛋仙們身上，他們怕會被壓至窒息，便在驚恐中展開了亡命奔逃。

沒想到這森林裏實在有太多驚嚇場面，他們接二連三遇上太多的尖叫，所以一直嚇得倒轉身子，一邊發放屁彈擾亂大家的視線，一邊逃亡。最後，亞一不留神失足，跌進這棵樹的樹丫中，動彈不得，便落得如此狀況。

至於亞日和亞申，他們應該仍躲在附近，暗中觀察，直至安全才會現身的。

聽完露露替倒蛋仙亞一翻譯的獨白，
之前的事情終於一清二楚了！

　　更重要的是，得悉魔法森林竟然有一
個大家都不知道的缺口！這個缺口若不好
好處理，可能會引來更多不必要的麻煩呢！

　　大家正想追問那道缺口的位置時，在
一堆矮叢後面突然有些微微的動靜，亞一
立即彈跳到那裏「咯焦」、「咯焦」了數聲，
然後換來一片沉寂。

　　大家都不敢輕舉妄動。

第十二章　森林的缺口

不久，亞一又「咯焦」了數回。然後，他從矮叢裏拖着兩個弟弟出來。

大家一看就知道在亞一的右面是亞日，左面的是亞申。亞日的身上比亞一多一些黑斑點，眼睛卻細小些。相反，亞申的斑點顏色較淺，雙眼卻是三兄弟中最大最圓的。

原來三兄弟今早遇上草仙後開始逃亡，在驚惶忙亂之際，亞日和亞申回頭看見亞一被卡在樹上中，不知所措。正如亞一所說，他們只能靜靜躲在附近。當他們目睹仙子們如

何合力救出了亞一，表現得熱情友善，所以減低了戒備，才決定現身與亞一會合。

在場的仙子逐一向亞日和亞申輕聲打招呼，大家的動作和說話都盡量調校至最慢的模式，一時之間，時間也好像變慢了。

經過一連串的聆聽、溝通，互相了解之後，仙子們心裏暗暗慶幸大家能克制自己的反應與動作，沒有嚇倒倒蛋仙發放屁彈。

總算鬆了一口氣！

大家現在最想知道的，就是亞一所提及的缺口到底在哪兒。而對於倒蛋仙來説，他們最想知道如何找到可做的善事。

恬兒好奇地問：「亞一，請問你們能否帶我們去那個吸引你們進來的缺口呢？」

亞一點點頭「咯焦」、「咯焦」地回應，便和亞日和亞申開始領路。

一眾仙子緊隨其後，一於去看個究竟。

大家浩浩蕩蕩地跟着倒蛋仙們，來到

遠離石仙林後的一條小溪旁，再沿着小溪往上行，走進一片雨林，那裏長滿茂密的蕨類植物。

走到雨林的盡頭，看見疏疏落落的、一小片一小片的青苔地。縱橫交錯的蔓藤在一棵棵大樹上垂下，形成一個保護魔法森林的天然屏障，雖然光線不太充足，但仔細看去，發現蔓藤右側有一道隱約可見的裂紋，深綠色中帶點黑紫色，又隱藏着一陣陣的微光。

「咯咯焦、焦咯咯，咯入口咯，咯焦這裏進咯，咯焦。」亞一指着那道裂紋咯焦地解釋，亞日和亞申更以動作示範他們進入森林的經過。雖然他們表現得有點狼狽，但大家可以肯定，這就是他們進來的缺口。

為什麼這裏會出現一個這樣的缺口？還散發着一種令人不安的魔力？

露露、石俊和賢草走近仔細察看，把那道裂紋由上至下檢視一遍，發現裂紋有一小片黑色的塊狀物質，再搜索一回後，看見地上也有另一塊類似的東西。

露露小心翼翼地撿起來，是薄薄的一片東西，上面隱約有些紋理，看上去不像是蛋殼，也不像是附近生長的植物。

恬兒在旁探頭一看，竟發現那薄片跟花仙身上的花瓣屬同類，只是花仙中並沒有深黑色的花瓣，而他們也不會在這地方出現。

再仔細看那裂紋附近的黑紫色，好像是蔓藤遭撕扯後遺留下的痕跡，看着時心裏也彷彿感受到一陣莫名的刺痛。

這時，恬兒忽然有一個想法，但沒有說出口。

眼見大家又面對另一個疑團，石漢大

王決意運用一下他們的新思考方法，二話
不說，請大家退開一點，開始在地上滾起
來。

為免嚇怕倒蛋仙，石俊和露露立刻向
他們解釋石漢「轟隆」地滾的原因，並請
他們在較遠處找個角落坐下，稍作休息。

一輪滾動後，大王站起身子，問大家
是否記得魔法森林少了一員。

　　大家對望了一會，恬兒說：「這正是我的猜想。」

　　原來恬兒看見那塊花瓣碎片時已心裏一沉，想着這會否和花后愛美有關。但因為花仙們時刻都掛念着愛美，她不敢再提起這件傷心事，所以剛才沒有說出來。

　　各仙子們都表示同情和理解，對於愛美的遭遇感到惋惜。

第十三章 追蹤花后愛美

石漢大王推敲，愛美當日應該是從這裏撕破蔓藤，一怒之下離開森林。因為裂紋大小剛好與愛美的高度相近，加上她離開時身上的花瓣已經褪色，外袍也變成烏黑，所以極有可能是她造成這充滿負能量的缺口。

石俊接續大王的推斷，也認為從森林外面看，那些負能量就像奇異的現象，因而吸引了倒蛋仙進來。

「哎吔、哎吔……這樣看來，最可怕的是，若不盡快堵塞這缺口，它可能會吸引更多外來者入侵魔法森林，那就更大件事了……哎吔！哎吔！」風仙子阿也打顫道。

「堵塞它？不行！那麼愛美便無法再回來了！」恬兒阻止說。

原來，魔法森林有一個規定：森林仙子從哪裏離開森林，就得從哪裏回來，否則永遠也

找不着入口，從此在魔法森林中消失。

既然現在知道愛美是從這裏離開，恬兒和花仙們就更想保護這唯一專屬愛美的入口，希望給她留下一線希望。於是，恬兒和花仙們便自告奮勇，表示會緊緊看守着這缺口，阻止任何不明物體闖入魔法森林。

大家都被花仙們的心意所打動，石仙和風仙率先表態支持，並表示他們也樂意參與守衞，直至愛美歸來。

露露看見大家這麼團結，非常感動，建議由她去找愛美，想辦法勸她回心轉意，重回魔法森林。

由於露露之前也常走出森林到王宮探望公主，所以她比較知道森林外的情況，加上她一向是眾仙子中最會解難的一個，這個任務實在非她莫屬了。

　　露露環顧四周，靈光一閃！

　　她走到倒蛋仙那裏，邀請他們一同前往幫忙：「亞一，你們不是要找善事嗎？不如你們跟我走一趟，可能有機會成功做善事呢！」

　　三隻倒蛋仙一聽到「善事」兩個字，就立刻雀躍起來：「咯咯焦、焦咯咯、咯

善事咯、咯焦焦！」繼而還四處一邊跳，一邊「咯焦」説着，看得大家目瞪口呆！

石俊打趣説：「那麼我也要去幫個忙，若果真的能夠成功，便可以一石『三』鳥了！」

頓時，逗得大家捧腹大笑。

在笑聲中，露露肩負着大家的期望，帶領石俊和三隻倒蛋仙從那缺口走出森林，並開始了他們的「尋找花后做善事之旅」。

為了抓緊時間，石俊細心地把亞一、亞日和亞申放進草仙們預備的草袋裏。一來行動可以加快、二來可以減少他們被嚇倒的機會，當然亦可避免他們突然發放屁彈的災難了。

第十四章　糖果屋

露露和石俊根據羅賓鳥和風仙的報訊，朝森林的東邊走去。走了半天，天色漸漸變暗，就在不遠的山頭，看見一縷白煙徐徐飄往上空。

他們走近白煙的源頭，果然看見在兩棵大樹後有一間小屋，就如羅賓鳥所說，那小屋外面鋪滿色彩繽紛的糖果。即使天色暗淡，仍能清晰看見各式各樣的糖果，無論是真還是假，看上去的確非常吸引，真的名副其實是「糖果屋」。

當露露和石俊越接近那小屋，越加倍小心，一小步一小步地向前走。這時，屋門忽然緩慢地打開了一道縫隙，屋內的光線從門邊透出。

露露立即拉着石俊躲到其中一棵樹後面暗中觀察，並示意石俊先將亞一、亞日和亞申安置在樹洞內，免得他們受到任何驚嚇。

他們屏息靜氣，觀察屋內的舉動，看見兩個小孩，一個女、一個男，由屋內靜悄悄、慢慢地側着身子鑽了出來。

他們神情慌張，一走出了糖果屋，便往山下奔跑，他倆不時向後望，好像在逃避什麼似的，眨眼間已跑得遠遠，不見蹤影了。

之後，露露和石俊決定趁機由虛掩的大門走進糖果屋內，查察花后是否真的在屋子裏。

他們才踏上門階，推開大門，就與愛美碰個正着！穿着一身黑袍的花后愛美，面容憔悴，正怒氣沖沖地拉開屋門準備衝出來。誰知在這一剎那竟碰上露露和石俊，彼此都嚇呆了！

怎樣反應好呢？

　　愛美一聲不響，即時退後幾步，轉過身子，躲避與露露和石俊的眼神接觸。

　　露露定過神來，走近愛美，說：「愛美！」

　　愛美繼續背着他們，不耐煩地回應：「你們來這裏幹什麼？」

　　露露再踏前兩步，溫柔地說：「愛美！大家都掛念着你！」石俊也補充：「花后愛美，我們來接你，希望你跟我們一起返

回魔法森林。」

　　愛美沉默片刻，不知怎樣回應，想了想才說：「我已經不屬於魔法森林了。我還有要事辦，沒空招呼你們，不要耽擱我的時間，趕快離開！」

　　聽見愛美的冷漠回應，露露心裏既痛心又不好受。她看見屋內十分簡陋，只凌亂地擺放了一些枯木樹枝，和那漂亮的糖果屋外形成了極大對比，就更為愛美感到惋惜。

火爐上放了一個大鍋，不知裏面放的是什麼，只見有些橘啡色的液體在裏面翻滾，氣味也挺奇異的，一時間難以形容。總言之，就是怪！

　　露露苦口婆心地勸說：「愛美！請妳別這樣！大家都盼望着妳回來呢！」

　　「別再多說了！」愛美堅決拒絕。

　　石俊忍不住拉着愛美說：「花后！大家真的等候着妳回來，尤其是花仙子，她們每天都等着、盼着妳。自從妳離開後，大家都很痛心。你知道嗎……」

　　愛美終於轉過身來，打斷石俊的話，「我不知道，我什麼都不知道！我只知道沒有了美

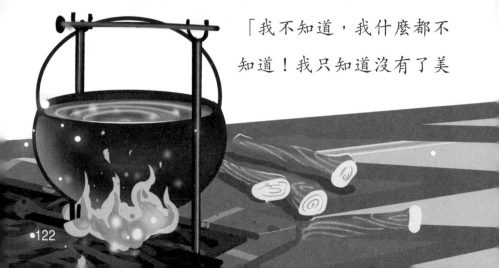

貌，我當不成花仙，更當不上花后！我一定要找回我應有的色彩！」

「不用找！其他的仙子都已經復原，花仙們都沒事了！因為我們已經找到解藥！」露露安慰說。

「解藥？哪裏有解藥！拿來給我看！」

這下，露露面色一沉。因為據她所知，當晚大家用了自製的「解咒雨」作為解藥，成功解救充滿壞念頭的仙子。而露珠湖從

此再沒有湖水，所有蘑菇粉亦告用光。所以，愛美這樣一問，她真的不知如何回應。

愛美眼見露露面有難色，心裏有數，於是更加惡言相向：「想騙我回去？休想！別以為我不知道，你們根本就沒有解藥！我不會相信你們！森林裏根本沒有一個可信的！」

此刻，石俊無話可說，只能結結巴巴地請愛美相信他們是真心的，並承諾會想法子幫她復原。

可惜，愛美心意已決。何況露露和石俊也實在拿不出解藥，又如何可以勸服她呢？

即便如此，露露仍竭力游說，希望終能打動愛美回心轉意。

第十五章 露露的秘密

這樣僵持的局面維持了不久，愛美突然轉換話題：「別説了！我絕對不會像妳那樣甘於平凡！好端端一個露珠女王，森林的最高領袖，竟然落得如此田地，甘心與各仙子平起平坐，有時還要當個信差。現在還來勸我跟妳回去，真是妙想天開！」

露露對於愛美的攻擊不以為意，依舊語重心長：「我從前只知道戀棧權位，把自己看得太重要，才會闖下大禍，幸好最後得到大家的包容，怎叫我不好好反省改過呢？」

露露拍拍石俊和愛美，繼續說：「所以我決意平平淡淡，柔和謙卑地過日子，以實際行動來回饋森林。多體諒，不比較，不競爭，因為大家本來就各有本領。我現在反而更能領略到什麼是施比受更有福呢！」

　　「說得真動聽，我才不會跟妳一般見識！我是花后，我不是『愛』美，我是『最美』！從前是，以後都會是！」愛美把露露

和石俊推出屋外，「砰」的一聲把門關上。

　　露露和石俊垂着頭離開，心裏帶着不捨和難過。雖然剛才愛美一開始時背向着他們，但露露手上已出現那個洞察魔咒的水珠球，清晰見到圍繞着愛美的那團灰黑色煙雲依然活躍，所以他們深知愛美剛才說的，都是念頭菇的魔咒引致，愛美本身絕非如此無情。

　　不過，透過愛美與露露的那段對話，

讓石俊更欣賞、更佩服露露。他從沒聽過她分享自己從身分非凡的露珠女王轉變至今的心路歷程，此刻在她身旁，才深深體會到這種內在美的感染力。

露露請石俊不要再瞪着她看，趕快想想有何對策。於是他倆邊走邊想，準備往樹洞找倒蛋仙……露露突然靈機一觸……

他們跟倒蛋仙會合後，露露開始分享她的大計。

她說：「亞一、亞日、亞申，今次你們有機會放着屁彈做善事了！」

蛋倒仙們不明所以，只好不斷「咯焦、咯焦」說着，讓露露再說明清楚些。

　　露露告訴他們任務很簡單，明天早上只要想辦法走進糖果屋就行。她相信他們見到花后，一定會嚇得放屁彈，到時只管盡情發放，然後逃回樹洞。石俊則負責接應，帶他們返回魔法森林。

　　三隻倒蛋仙異口同聲嚷着：「咯咯焦、焦咯咯，咯簡單咯，咯焦屁彈咯，咯焦！」一提到屁彈，他們竟興奮得倒轉身子，凸出眼睛⋯⋯

　　露露和石俊見狀，連忙請他們冷靜，並幫他們翻轉，轉回正常狀態！

　　嘩！好險！

第十六章 突襲

休息了一晚，倒蛋仙們晨早起來，便一個跟一個地彈跳走近糖果屋。露露跟在後面，又帶備了昨晚匆忙用數塊樹葉編成的防屁彈頭套，準備隨時保護自己。而石俊則守在大樹後，等候計劃好的營救行動。

首先，露露和倒蛋仙在屋外透過那幾塊半透明糖果砌成的小窗，悄悄窺探屋內的情況。他們隱約看見花后愛美正從火爐中取出那熱騰騰的鍋，一邊放進不同的植物、滴進一些液體，一邊喃喃自語，不知在說什麼。

倒蛋三兄弟為了趕快完成任務，分別在屋外四周搜索可以潛進屋內的入口。找了又找，可惜似乎除了大門之外，並沒有

其他進入糖果屋的方法。

因為亞申只有一條腿，他圍着屋子吃力地跳了數圈，全身已經發燙，便靠在糖果屋一角那塊棕色糖果上歇息一下。

怎料不消一會，他身子倚杖着的糖果開始融化，造成一個蛋形小洞，冷不防他就這樣子跌進了屋內。

亞一和亞日聽見亞申的「咯焦」一聲，立即應聲走到那小洞，二話不説就從那破口跑進屋子裏。

他倆一看見亞申，差點認不出他來，因為他全身沾滿了棕色的糖果醬，變成了一隻啡蛋仙！

一時間，他倆指着亞申「咯焦、咯焦」地爆笑起來。

倒蛋仙們的一陣陣「咯焦」和爆笑聲，

驚動了正在聚精會神地處理鍋物的花后愛美。當她發現了有三隻怪蛋膽敢闖進她的糖果屋，騷擾她製作復原配方，即時大發雷霆，大喝一聲：「喂！你們是什麼傢伙？」

　　愛美的怒喝聲在四面密封的小屋內，更覺震撼，加上她那凌厲的眼神，嚇得倒蛋三兄弟急急彈跳再倒轉起來，不消一刻，屋內已充斥着他們的青綠色屁彈！

　　他們果然按露露的指示盡情發放，「咯焦、咯焦、咯咯焦……」在屋子

內連環發炮，簡直是傾蛋而出！

愛美本來想捉住那些突然冒出來的倒蛋仙，可是她已中了屁彈，完全力不從心，更失去平衡，還差點跌進火爐裏。

在這千鈞一髮間，露露冒着煙撲進屋內，把大門推開，讓那些氣體消散，她自己當然已戴上防屁彈頭套，而倒蛋三兄弟也趁機逃離現場。

露露一個箭步，走到跌在地上的愛美身邊，她毫無反抗之力，外袍亦在混亂中着了火。露露奮不顧身地徒手拿起那件燃燒着的外袍，拋進火爐裏，再背起愛美走出糖果屋。

另一邊廂，倒蛋三兄弟為免身上殘餘的屁彈殃及石

俊，他們離開糖果屋後，先往山下跑了數圈，直至所有屁彈發放完畢，才回到石俊藏身的大樹與他會合。

露露救出愛美後，愛美所有思想行為都因為受屁彈影響，完全來個大反轉。露露勸她跟自己返回魔法森林，愛美竟然點頭說好，跟着露露向着森林的方向前進。

不久，袋着倒蛋三兄弟的石俊也趕到了，他跟着露露和愛美的後面，暗地裏作個照應。

半天的路程，不知不覺便完成了。他們終於抵達那充滿負能量的缺口。

由於得到羅賓鳥的報訊，留守着的仙子們早已在缺口前列隊

歡迎愛美的回歸！

　　聽着一陣又一陣的歡呼聲，愛美心裏不是味兒，但又控制不了雙腿繼續前進。她根本不想回來，更不想面對森林裏的各種仙子，尤其是花仙，而花仙恬兒就更是她無比厭惡和憎恨的。

可是，她還是身不由己地從自己造成的缺口，走進魔法森林內。

石俊和那倒蛋三兄弟也完成任務，安全回來。

等等！任務還未完全成功。

第十七章　珍貴的解藥

接下來，大家要面對的挑戰是如何能在屁彈威力失效前，幫愛美解除念頭菇的魔咒！

算一算，他們只剩下半天的時間！怎麼辦？上次那一役，最後一顆念頭菇早已被磨成了粉末，製成了解咒雨，現在連露珠湖也乾涸了，哪裏還會有解藥呢？

難道要請倒蛋仙每天向愛美發放屁彈，一直迫使她留在魔法森林？況且這樣子也挽回不了她的容貌和

色彩，那豈不是讓她從一個魔咒中轉入另一魔咒中生活？

　　當大家都懊惱要如何解救這困局時，恬兒拿來一個用花瓣和葉子製成的花瓣球。

　　原來當晚恬兒和一眾花仙被大家發放的解咒雨灑中後，陸續回復正常，快樂到不得了。那刻恬兒已想到愛美也是誤信了念頭菇的果效，才會互相攻擊，為大家造成極大的傷害。

　　對於愛美的離開，她心痛不已！於是恬兒覺得要留下一些解藥，盼望有一天愛美也可回復美麗。憑着這個信念，恬兒用這

花瓣球儲起了一些解咒雨，收藏在山洞內，避免陽光照射，一直等愛美的出現。

大家看見眼前滿載心意的花瓣球，深深感受到恬兒對愛美的關懷，沒有一個不為之動容，還有什麼比這來得更及時呢？

趁太陽完全下了山，帥風和靈風主動幫忙把這僅餘的解藥，吹灑在愛美身上，造成一場史上規模最小的局部性驟雨。

接下來的一幕，當然就是花后愛美經

歷升上天、變大再變小，最後着陸在地上
的解咒過程。

愛美回復了本來的面貌，沒有了壞念
頭，思想也變回正面了。

不過⋯⋯

第十八章 花后的蜕變

不過，由於花后愛美中了倒蛋仙的屁彈，本來要為得救而快樂地說多謝、給大家感恩的擁抱……都反轉成為苦着臉後退、躲起來的行動。

幸好，大家已經心裏有數，見怪不怪。他們知道只要天一亮，屁彈的藥力一過，花后便會完全復原，變成他們熟悉的花后愛美。所以大家都安心等待迎接這新的一天！

這一夜的時間好像過得特別慢。對於花仙和恬兒來說，她們暗暗盼望愛美所中的屁彈威力只是維持一日，再沒

有任何意料之外的問題出現。

　　而對於倒蛋仙來說，他們渴望做善事後變成知更鳥，希望那不是一個傳說，而是真的發生在自己身上。能夠放着屁做善事的機遇，實在是千載難逢！

　　長夜漫漫，各人心中有不同的忐忑，原來等候天明可以如此煎熬！

　　「哎吔、哎吔！」風仙子阿也突然跑來叫嚷！他急不及待為準備初升的旭日作宣布，加上他看見羅賓鳥已在森林的最東邊，準備向大家獻唱他們的首本名曲，標誌着晨曦初露的「揭幕歌」。

　　因此阿也希望搶先一步為
魔法森林點唱！

　　期盼已久
新的一天

真的來臨了！

　　各仙子都跑出來聚集在石仙林處，當中還包括了昨天已痊癒的尚草。

　　大家還等什麼？當然就是完全復原了的花后愛美的出現。

忽然間，從遠處傳來一陣陣的歡笑聲。
原來，花仙們正有講有笑地簇擁着愛美來
到石仙林。嘩！蛻變後的愛美比以前還要
美麗呢！少了那份驕縱味道，卻換上一種
平和與温柔的美態！

　　經歷了這許多的考驗，在這個
早上，魔法森林終於可齊齊整整，個
個面帶笑容了。

　　齊齊整整？非也！

　　還欠石俊啊！

對！石俊呢？倒蛋三兄弟呢？

一陣風吹過，瀟風帶來了最新消息：他發現石俊正在和三隻枝頭上的鳥兒道別。

三隻鳥？道別？

難道倒蛋仙已成功變身成知更鳥？

那實在是可喜可賀的消息！所以大家跟着瀟風，前往見證石俊預言的「一石三鳥」的景象。

原來知更鳥和魔法森林中的羅賓鳥的外形及種類都非常類近，只是他們胸膛前一抹橙紅，配上背上的彩藍色，特別耀眼又醒神。

倒蛋三兄弟變回知更鳥之後，沒有了「咯焦」、「咯焦」話語，說話變得流利清晰，還擁有一把美麗悅耳的嗓子，真的叫各仙子「知」道他們「更」新了！

這次他們發放的屁彈，成為了拯救愛美的重要關鍵，證明有時咒詛也可以變成祝福。

147

大家告別知更鳥，也約定他們有空來魔法森林玩玩。只要不再放屁彈，他們將會是最受歡迎的客人。

三隻知更鳥唱着歌離開後，賢草建議由草仙們到藤蔓缺口修補缺口，堵塞那

充滿危機的漏洞。花后愛美和露露均同聲表示也要去幫忙。

　　他們抵達缺口，分工合作地用草編成草繩，把那缺口緊緊綁上；花后和露露更分別在那受了傷的蔓藤上塗上花蜜和露珠，減退它的負能量。

　　在塗抹過程中，露露好奇地問愛美，到底當天她在糖果屋裏製作什麼配方。愛美回憶了片刻，說：「當時為了自救，無

計可施，便四處找來各樣奇花異草試試看。後來偶然遇上人類的孩子，他們一看見我便大叫大哭，眼淚好像崩堤似的流個不停，我心想自己真的醜得那麼可怕嗎？」

聽見花后訴說這番經歷，草仙們都放下了手上的工作，圍作一團靜心聆聽。愛美繼續說：「為了挽回自尊心和自信心，我便想辦法吸引他們。我用糖果建了一間小屋，希望改變他們對我的印象。」

「有一天，終於有兩個孩子走進來討糖果。可惜當他們一看見我，便大哭起來，

令我不知所措。我還未説話，他們已淚流
滿面。這時，我發現他們的淚水閃爍耀眼。
曾有聽聞淚水的神奇功效，於是，我忽發
奇想，不如收集他們的淚水，可能是有助
我復原的好材料。」愛美回憶道。

聽到這裏，露露心想那兩個孩子會不
就是她和石俊看見從屋內鑽出來的兩個？

愛美説：「我先用花瓣收集在他們的
臉上滴下來的淚水，然後轉身想找個杯子
來盛載那些淚水時，他們就趁機逃跑。之
後，露露和石俊便出現了……」

　　露露終於明白當時愛美原來是想收集孩子的淚水，但到底那些淚水混和花花草草後，能否有效就真的無法證實了。幸好，愛美還有恬兒為她留下珍貴的解藥，這份情誼絕對是最寶貴的。

　　大家望着眼前的花后愛美，比以前變得更坦誠可親，都替她感恩和高興。再一次證實歷劫後的成長，會帶來更美好的改變。

　　過了不久，羅莉帶着阿芙飛來跟大家報訊：「剛收到森林外面傳來的消息，糖果屋的女巫已被燒死了！」

露露聽後向愛美打了個眼色，相信因為當天她把那着了火的外袍扔進了火爐，所以人們便誤以為愛美已死。

既然那醜惡的花后已成過去，現在再沒有澄清的必要了。就讓這個真相成為她倆才知道的秘密吧！

此外，羅莉還帶來另一個消息，那就是石仙子們又開始了他們新一回合的「轆轆轆動腦筋」遊戲，氣氛正熾熱呢！

聽罷，大家都趕緊去湊熱鬧。

看！石俊剛發出了新一輪的謎題，你也來動動腦筋吧！

小朋友，你也來試試挑戰以下這些謎題吧！

1. 魔法森林中哪一種仙子不怕江水、湖水結冰？

2. 一又七分之一刻，即是什麼時間？

3. 什麼日子經常會來，但卻從沒有真正來過？

4. 什麼掌是不能拍的？

5. 哪兩個仙子走在一起會遇強越強？

6. 有一天，尚草一不小心跌進一口井中，哪個仙子會第一時間前去幫忙？為什麼？

7. 哪個數子倒立後會增加一半？

8. 石漢大王最愛出手幫忙，那麼露露最愛出什麼？

（答案見第 158 頁）

仙子們與倒蛋仙這場奇遇，既修補了魔法森林的缺口，也修補了仙子之間的裂痕，多美好啊！

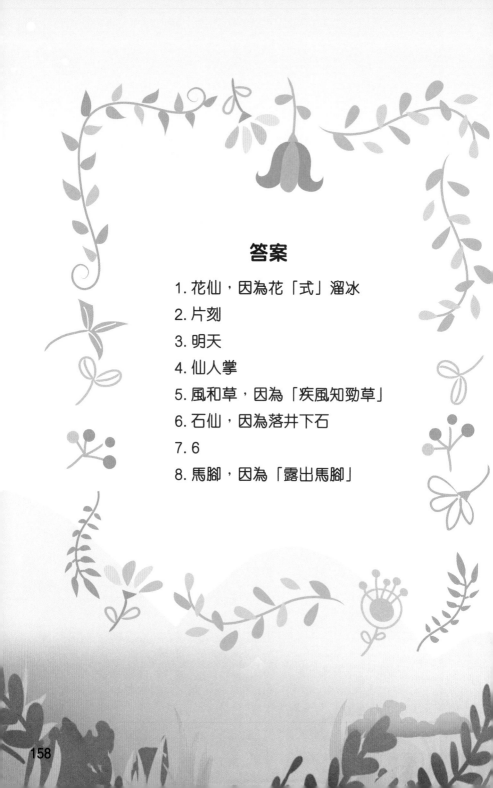

答案

1. 花仙，因為花「式」溜冰
2. 片刻
3. 明天
4. 仙人掌
5. 風和草，因為「疾風知勁草」
6. 石仙，因為落井下石
7. 6
8. 馬腳，因為「露出馬腳」

魔法森林大件事③
缺口中的秘密

作　　者：陳美娟
繪　　圖：陳焯嘉
責任編輯：胡頌茵
美術設計：李成宇
出　　版：新雅文化事業有限公司
　　　　　香港英皇道 499 號北角工業大廈 18 樓
　　　　　電話：（852）2138 7998
　　　　　傳真：（852）2597 4003
　　　　　網址：http://www.sunya.com.hk
　　　　　電郵：marketing@sunya.com.hk
發　　行：香港聯合書刊物流有限公司
　　　　　香港荃灣德士古道 220-248 號荃灣工業中心 16 樓
　　　　　電話：（852）2150 2100
　　　　　傳真：（852）2407 3062
　　　　　電郵：info@suplogistics.com.hk
印　　刷：中華商務彩色印刷有限公司
　　　　　香港新界大埔汀麗路 36 號
版　　次：二〇二三年六月初版

ISBN：978-962-08-8239-5